文・圖｜**西碧兒・德拉克瓦**（Sybille Delacroix）

　　1974年出生於比利時的布魯塞爾，目前居住於法國西南部的勒韋。從布魯塞爾的圖像研究學院畢業後，一直擔任插畫家和圖像設計師的工作，擅長繪製古典故事的插圖。已出版多本童書作品，包括《小名字》、《我好怕》和「克利奧」系列故事等。

翻譯｜**黃筱茵**

　　國立臺灣師範大學英語研究所博士班〈文學組〉學分修畢，曾任編輯，翻譯超過 200 本繪本和青少年小說。曾任文化部中小學生優良課外讀物評審和九歌少兒文學獎評審、教育部「閱讀起步走」親子手冊的作者，並為報章書本撰寫導讀引言。近兩年開始撰寫繪本專欄、擔任講師，推廣繪本文學和青少年小說。

精選圖畫書　**站在我肩上的小鳥**　文・圖／西碧兒・德拉克瓦　翻譯／黃筱茵

總編輯：鄭如瑤｜主編：詹嬿馨｜美術編輯：張雅玫｜行銷主任：塗幸儀
社長：郭重興｜發行人兼出版總監：曾大福｜業務平臺總經理：李雪麗｜業務平臺副總經理：李復民
實體通路協理：林詩富｜網路暨海外通路協理：張鑫峰｜特販通路協理：陳綺瑩｜印務經理：黃禮賢
出版與發行：小熊出版・遠足文化事業股份有限公司｜地址： 231 新北市新店區民權路 108-2 號 9 樓
電話：02-22181417｜傳真：02-86671851｜劃撥帳號：19504465｜戶名：遠足文化事業股份有限公司
客服專線：0800-221029｜客服信箱：service@bookrep.com.tw

E-mail：littlebear@bookrep.com.tw｜Facebook：小熊出版
讀書共和國出版集團網路書店：http://www.bookrep.com.tw
團體訂購請洽業務部：02-2218-1417 分機1132、1520
法律顧問：華洋法律事務所／蘇文生律師
印製：凱林彩印股份有限公司｜初版一刷：2020 年 2 月
定價：320 元｜ISBN：978-986-5503-13-0

Un oiseau sur mon épaule
© 2019 Mijade Publications (B-5000 Namur - Belgium)
Sibylle Delacroix for the text and the illustrations

小熊出版讀者回函　小熊出版官方網頁

站在我肩上的小鳥

文・圖　西碧兒・德拉克瓦

翻譯　黃筱茵

Little Bear Books

明天是新學期的第一天，我準備好了。
除了我的舊娃娃以外，
所有東西都已經裝進新書包裡。

我本來打算交一些新朋友，
可是情況變得有點複雜。

當我正要向大家打招呼的時候，
一隻小鳥突然停在我的肩膀上。
這並不在我的計畫啊！

我讓小鳥就這麼停著。大家一定會
注意到我和這隻既漂亮又輕盈的小鳥吧！

接著發生了讓人驚訝的事——
小鳥開口說話了！
對喔，是說話，不是唱歌。
對鳥來說，也許會唱歌還比較好。

牠發出奇怪的叫聲，　開口問我問題，
沒想到我竟然聽得懂！

我似乎是唯一能看見牠、　聽懂牠的人。
這隻小鳥就像是我一個人獨享的祕密。

所以就算其他人不跟我玩，
這隻小鳥還是陪著我。

你看到了嗎？

可是

不要去

小鳥一直都在，而且不斷的對我說話。
牠對所有事情都有自己的看法，
但是說了這麼多，對我也沒有幫助。

事實上，就算我沒問，
牠還是會告訴我牠的意見。

最後，我被牠弄得頭昏腦脹。

這隻奇怪的小鳥也變得越來越沉重。

回到家時，小鳥會待在外面，
讓我安靜一下。

可是只要一到上學時間，
牠就會很快現身，
再次站在我的肩膀上。

在教室裡， 我幾乎聽不見老師的聲音。
小鳥會在老師上課時跟我說話，
說我的毛衣沒有克蕾拉的毛衣漂亮，
或是我的圖畫得沒有比爾好。

後來，我只聽得見這隻小鳥的聲音，
甚至連自己的聲音都聽不見。
這隻小鳥簡直讓我無法喘息……

我被牠壓得動彈不得。

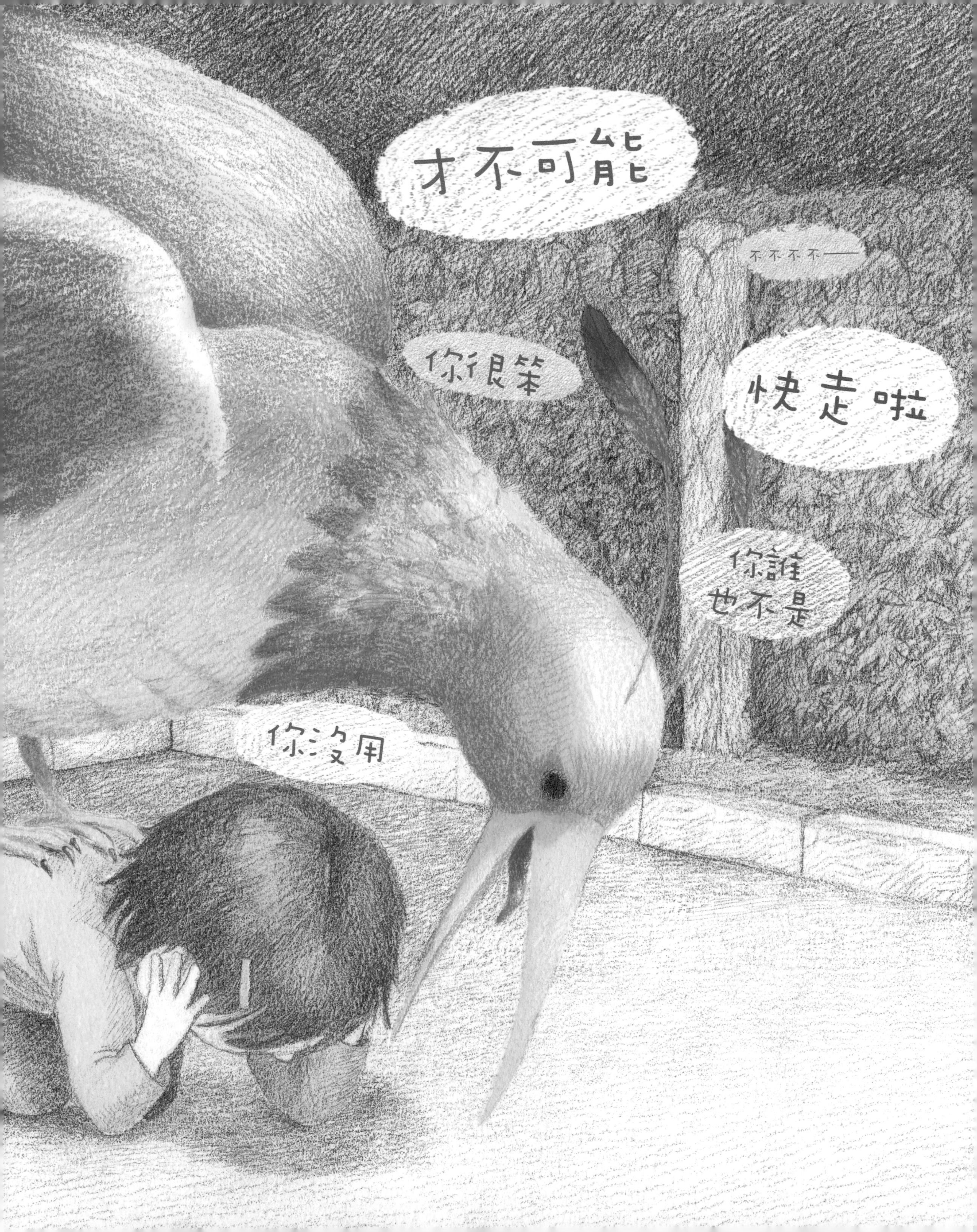
才不可能
不不不不——
你很笨
快走啦
你誰
也不是
你沒用

我知道自己必須擺脫這隻小鳥，
但是我不曉得該怎麼做。

輸家

你誰也
不是

佐依發現我遇到了問題，
我卻沒辦法跟她說。
不論是這件事情或其他事情，
肩上的小鳥已經讓我無法開口了。

還好，佐依身旁沒有這樣的小鳥。

我的沉默沒有讓佐依卻步，
她送了一條漂亮的緞帶給我。

剎那間， 我感到自己充滿力量，
比那隻喋喋不休的小鳥更強壯。

多虧了這條漂亮的緞帶，
我讓那隻奇怪的小鳥閉上嘴巴，
再也無法發出聲音了。

謝謝你，
佐依！

我總算不會被那隻小鳥打擾，
可以好好謝謝佐依了。
一切恢復平靜，我們開心的玩在一起。

我ㄨㄛˇ們ㄇㄣ玩ㄨㄢˊ得ㄉㄜ˙很ㄏㄣˇ開ㄎㄞ心ㄒㄧㄣ，
我ㄨㄛˇ完ㄨㄢˊ全ㄑㄩㄢˊ沒ㄇㄟˊ注ㄓㄨˋ意ㄧˋ那ㄋㄚˋ隻ㄓ小ㄒㄧㄠˇ鳥ㄋㄧㄠˇ離ㄌㄧˊ開ㄎㄞ了ㄌㄜ˙。

因ㄧㄣ為ㄨㄟˋ我ㄨㄛˇ已ㄧˇ經ㄐㄧㄥ不ㄅㄨˋ在ㄗㄞˋ乎ㄏㄨ那ㄋㄚˋ隻ㄓ小ㄒㄧㄠˇ鳥ㄋㄧㄠˇ了ㄌㄜ。